뼈의 맛

차 례

1화

학교 가기 싫다.

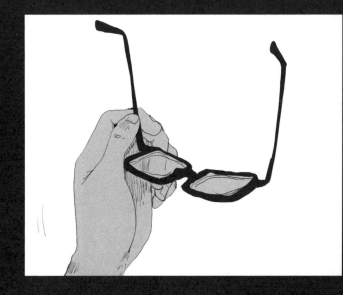

어젯밤에
악몽을 꿔서
잠을 설치고

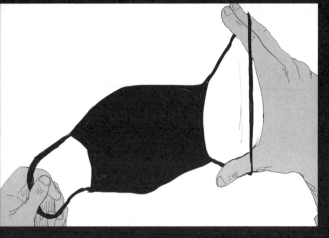

덕분에
감기 기운도
있어서

두통 때문에
머리가
터져버릴 것 같다.

학교 가기 싫다.

날씨가 미쳤는지
3월 중순인데도
폭설이 내려서

길이 얼었다.

학교 가려면
목숨을 걸어야 한다.

학교 가기 싫다.

학교 무사히
도착했으니
된 거 아니냐고?

아니지…

이제부터
시작이지.

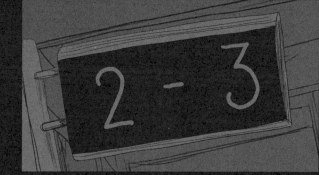

중1 때 같은 반이던
애들이 다 흩어져서

2학년 되고 나선
친구가 없다.

애들 눈엔

내가 좀 이상해
보일 수도 있다고
생각한다.

친구 없음.

뭐든 혼자다.

실습 시간에도

체육 시간에도

쉬는 시간에도

어디 한군데
제대로 꺼지는
일이 없다.

쉬는 시간에는
교복 마이를
뒤집어쓰고
자는 척한다.

죽은 듯이….

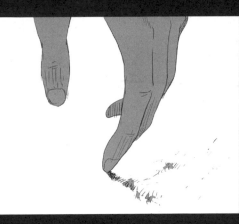

가장 싫은 시간은
단연코 점심시간이다.

학생 수는 적은데
식당은 쓸데없이 넓어서
자리가 텅텅 빈다.

모래 같다.

…어?

쟤 우리 반
아닌가?

나처럼
혼자 먹는 애가
또 있었네.

동질감
때문이었는지

녀석을
관찰하기
시작했다.

실습 시간에도

체육 시간에도

쉬는 시간에도

역시 혼자다.

엄청 겉돈다.

근데

근데 쟨 왜
아무렇지도
않은 척
하는 거지?

난 맨날
학교 오기 싫어서
미칠 것 같은데???

아···
쟤 뭔가
짜증 난다.

특히
저 무신경…

저 무신경해 보이는 얼굴.

니들 저번 주에
수행평가 조
짜오라고 했지?

조 다 짰어?

네.

네~.

아!

아직 못 짰는데.

같이할 애들이
당연히 없는데…

시선에

두들겨 맞는다.

아… 또….

···망했다···.

온다.

이번 반
애들에게는

이런 모습
보이기 싫었는데….

온다.

온다…

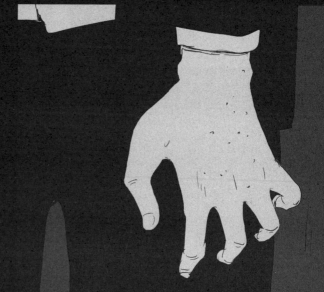

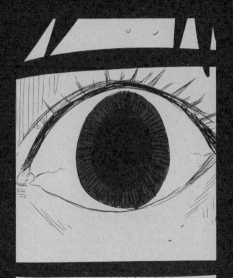

그게

온다.

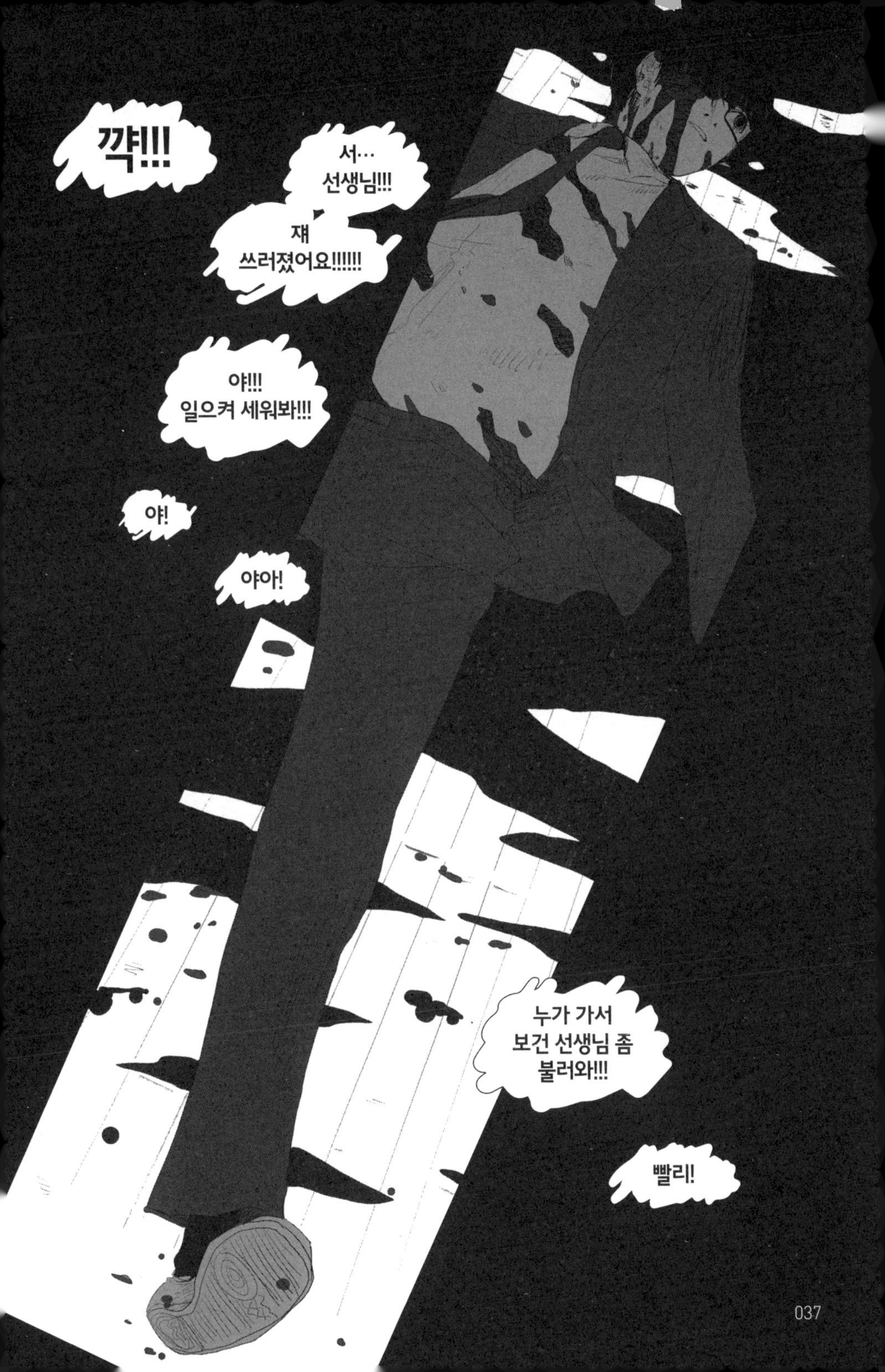
꺄악!!!
서…
선생님!!!
걔
쓰러졌어요!!!!!!
야!!!
일으켜 세워봐!!!
야!
야아!
누가 가서
보건 선생님 좀
불러와!!!
빨리!

아…

애들이 또
날 얼마나
이상하게 볼까.

언젠가부터
자주 이렇게
되어버린다.

이상한 병에라도

걸려버린 것 같다.

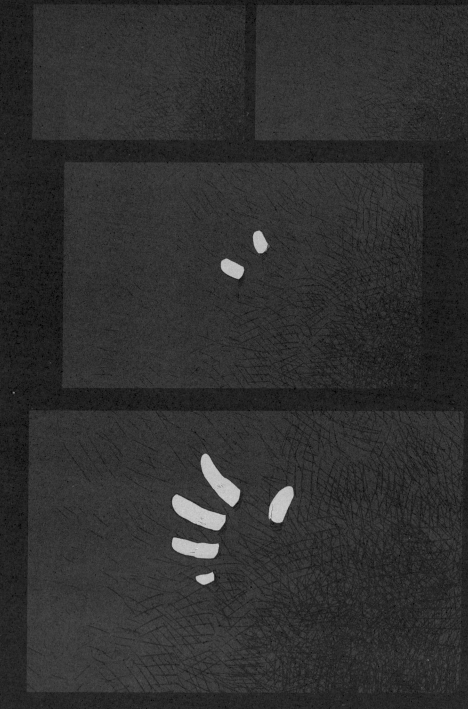

아…

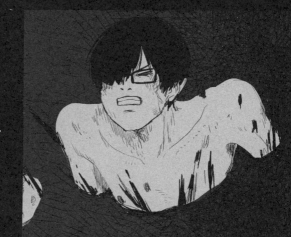

꺼내줘.

이거 너무 무서워.
죽을 거 같아.

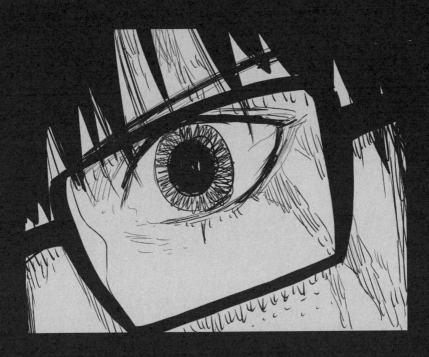

아…

숨막혀.

……

너 자면서
욕 엄청 하더라.

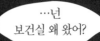
···넌
보건실 왜 왔어?

농구하다가 손가락 삐어서.
근데 보건 선생님이 없네···

나
아까 또 기절했어.
수업 시간에.

또?

너네 반
난리 났었겠네?

얘는
다른 반 애.

···몇 반
이었더라···.

암튼 작년에
동네 병원에서
처음 알게 됐다.

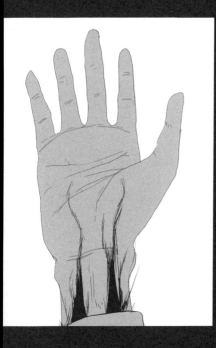

…이거에

또 먹혔어.

간다.

작년부터 갑자기
생겨난 '이것'은

역시 남들 눈에는
안 보이는 것 같다.

이쯤 되면 내 망상이라고 생각할 수도 있겠지만…

아니!

이건 실재한다.

모래, 혹은 철가루 같은 느낌의

분명한 감촉과 무게감.

그리고 이건

내가 생각하는 대로 움직인다.

작년 갑자기 처음 생겼을 때에는 많이 놀랐지만

요즘은
적응해서

나름 잘
활용하고 있다.

가령

애들의 시선을 가릴 때

이런 식으로

암튼
뭐 이런 식.

아까처럼 가끔씩

날 잡아먹으려
할 때가 있는데,

그럴 땐
너무 무섭다.

교복 마이가

무겁다.

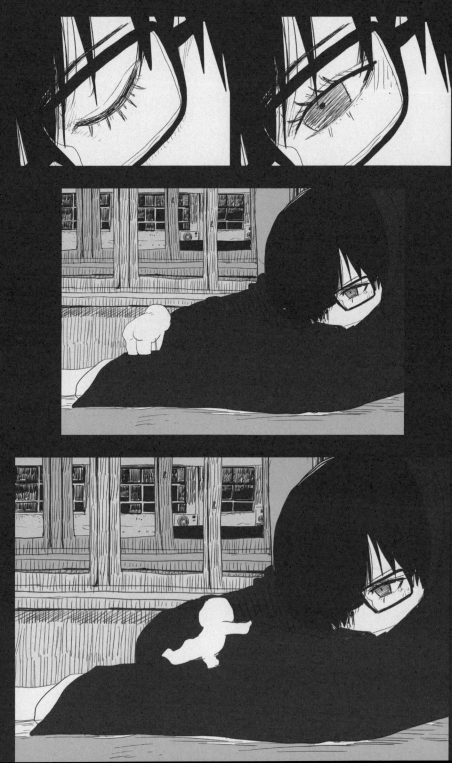

가끔 이런 것도 나타난다.

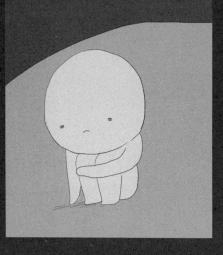

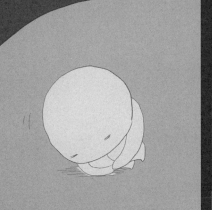

이건 또 뭔지

왜 이러는 건지
모르겠지만.

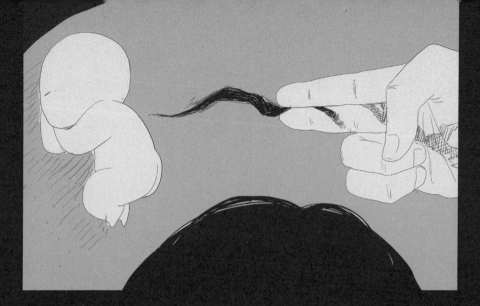

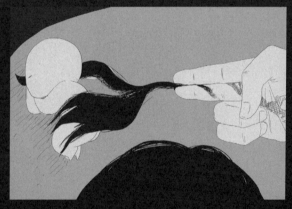

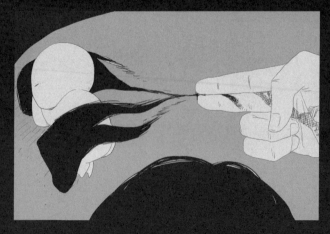

자꾸
내 눈앞에 나타나서
동정심을 유발한다.

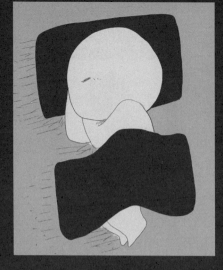

···나도

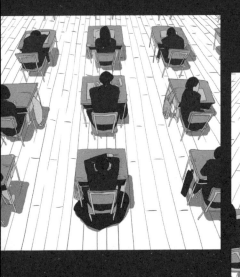

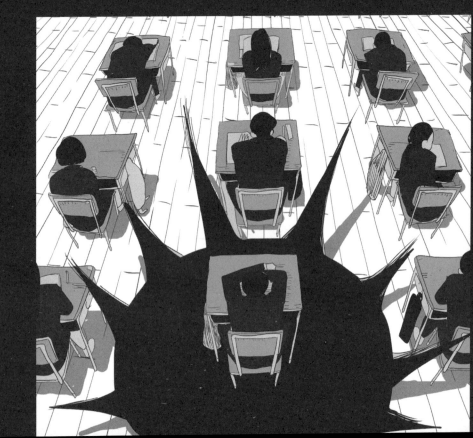

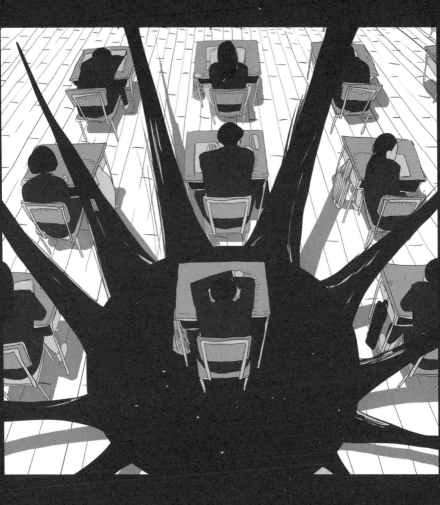

이렇게 하면

나만의

작은

우주.

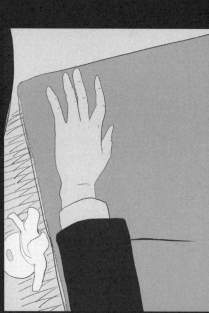

어?

어?

설마

너도

그게 보여?

이거
떨어졌어.

니 거야?

…근데 얘는
왜 갑자기 와서 말 걸지?

…어.

……

설마

'괜찮냐?'

같은 거
물어보려고
온 거 아니지??

2학년 되고 나서
오늘 처음
얘기해보는 건데….

…응?

야, 잠깐!

아니,

수행평가 과제가 뭔지,
언제 같이할 건지

뭐 그딴 거는 좀
얘기해줘야 하는 거 아니냐?

집에 간다.

차라리
올라가는 게
좀 더 낫다.

네 발로
갈 수 있거든.
헉헉.

하긴
쟨 잘생기긴
했으니까.

너 수행평가 나랑 같이하래.

…내일 내가 다시
물어봐야 되나…?

진짜 수행평가 같은 거 하나도
관심 없다는 표정으로 말하더라.

아니겠지?

걔도 신경 쓰이고
불편하겠지?
친구 없는 거….

그냥 열심히
연기하고
있는 거겠지…?

이 자식들이.

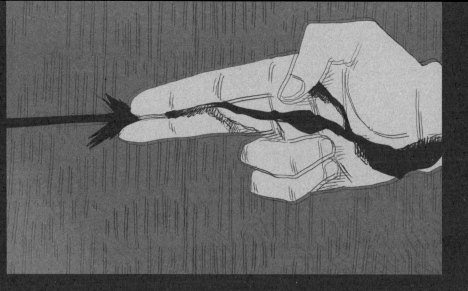

후후! 봤냐?

아… 됐어.

아…

용사님.

용사님!

용사님!!!

왜인지
날 '용사님'
이라고 부른다.

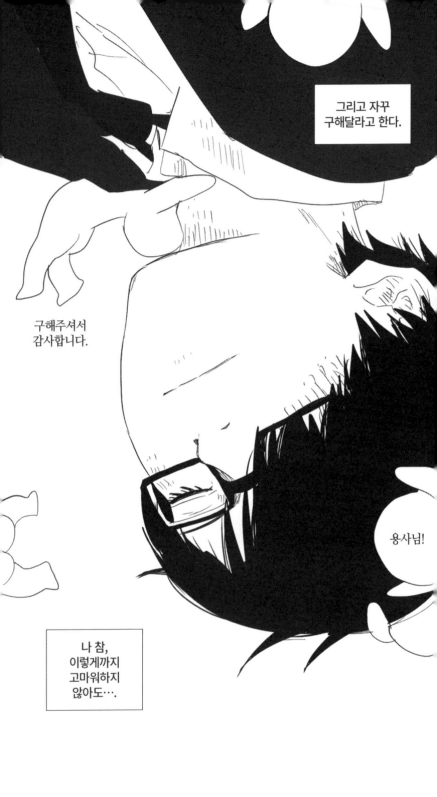

04 병의 맛

엄청 전투적으로 먹네.

…넌
혼자서
먹는데도…

밥이 그렇게
잘 넘어가냐…?

자꾸 쟤를 관찰하니까…

이쯤 되면 내가 쟤한테
관심 있는 거 아니냐는
괜한 오해할지도 모르는데…

아니다.
결단코 아니야.

수,

수행평가
물어보려고
그러는 거야.

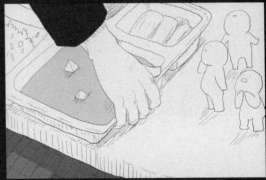

어디까지나
동정심이다.

그러니까

힘을 줘,
정령들아!

간다!

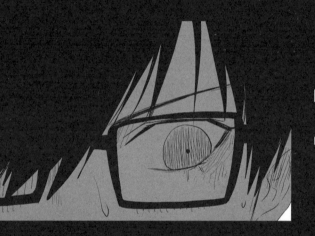

버!

벌써 다 먹었어?

아!

아아아.

가림막
가림막.

빨리
빨리.

쪽팔려.

밥… 제대로
못 먹었다.

누군가가 그 장면을 보고
계속 비웃고 있는 것만 같은 시선이 느껴져서
그냥 거의 다 버리고 도망치듯 나왔다.

점심을 안 먹으면
점심시간이 더 길어진다.

교실에 있는 건 싫고.

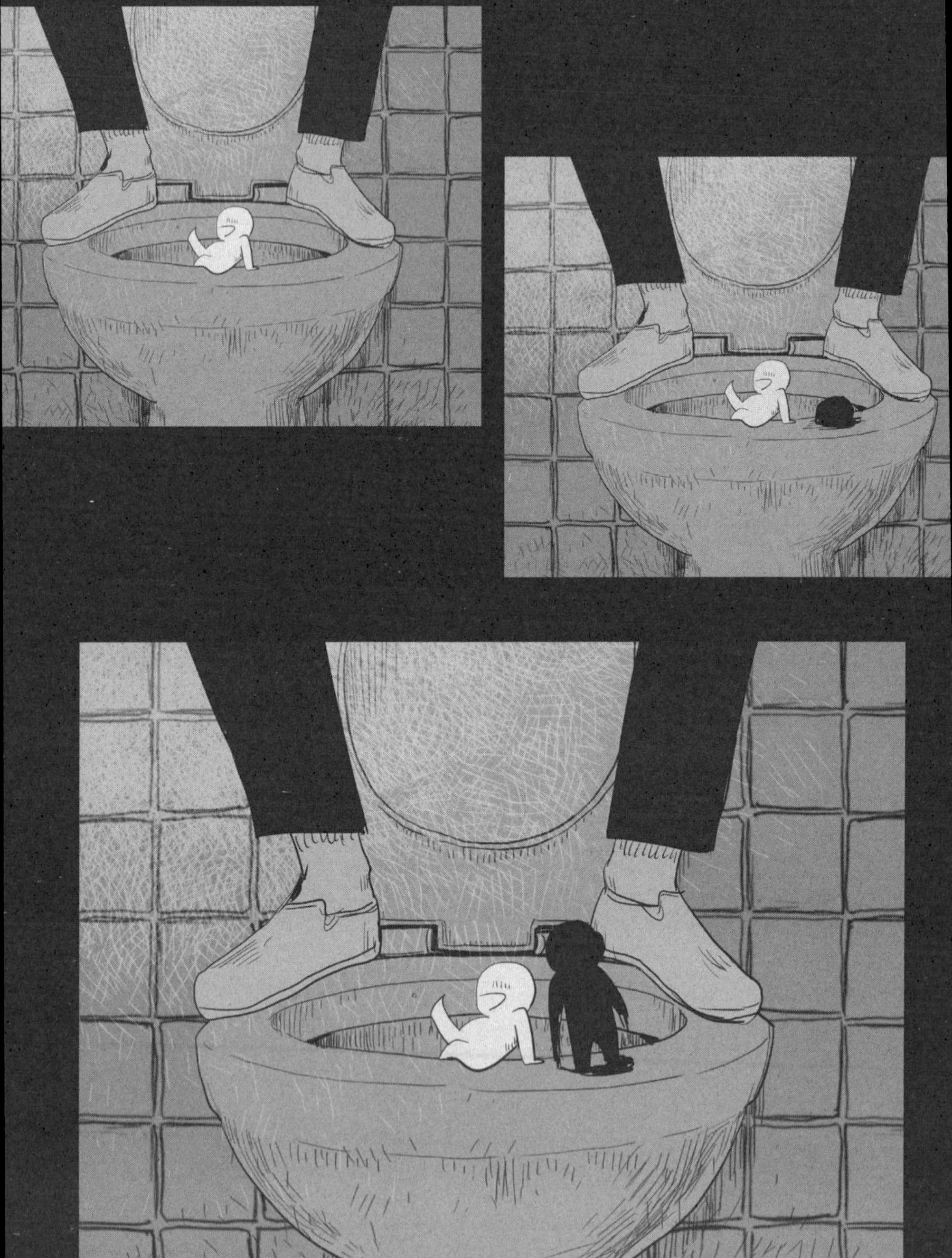

121

......,

손이 많이 가는
것들이다.

아주 꿀잠을 잤구나.

그렇겠지… 그렇게
전투적으로 먹고…
배도 찼으니

교실에 빨리 와서
아주 늘어지게 잘 잤을 테지.

난 이리도
허기가
지는데…

널

증오한다.

가슴속 깊이

널

증오한다.

온 마음
다 바쳐

널

증오한다.

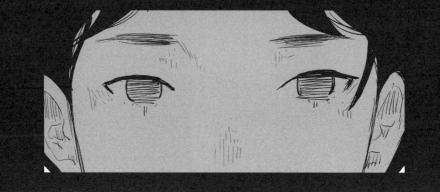

발을 조금만
헛디디거나

걷다가 힘이
조금이라도
빠지게 되면

바로

고꾸라져버릴 것 같다.

나의 '그' 능력으로
에스컬레이터 같은 거라도
만들어서 올라가고 싶다.

상상 속에서는
몇 번 만들어봤지만

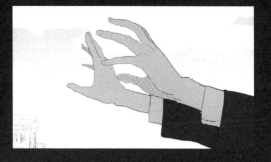

'이것'이 실제로 내 몸을
지탱할 수 있을지는

한 번도
시도해보지 않았다.

지금 한번

해볼까?

아!

이번엔 진짜

제대로 들킨 것 같다.

3화

무슨 말이라도 좀 해라.

그냥 가면
어떡해?

…뭐?

내가
놓친 건가…?

피… 필름을 돌려보자.

필름 끝.

안 했는데….

……

어,
안 했나보다.

…야!

그… 그럼 지금 대충 하자.

카페 같은 데 갈래? …돈 있어?

음…

없어.

너…

집은 어디야?

……

괜히 이상하게 생각하진 않겠지?

같은 동네였구나.

그럼 올라가면 교회 옆에
놀이터 있잖아.
거기 가자.

그래.

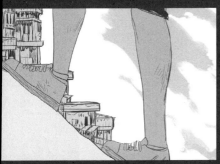

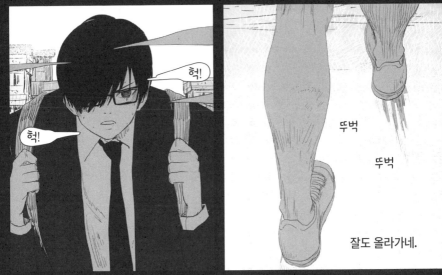

그래서…
수행평가 과제가
뭐라고?

……

……

…말로 하면 안 되냐?

나랑 말하기 싫냐?

흥, 뭐!

나도
싫거든.

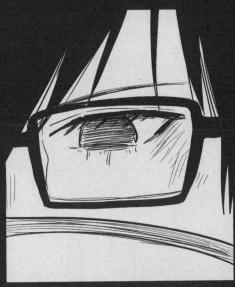

아직 널 증오하는 중이니까.

물론 국어 선생님이
의도한 건 아니겠지만,

이 주제는
꽤나 폭력적이다.

예를 들어

이랬으면 분명

'애인이 있는지부터
물어봐야 하는 거 아니냐.'고

애들이 엄청
뭐라고 했을 거다.

친구는
당연한 건가.

먼저 친구가
있는지부터
물어봐야
하는 거 아닌가···.

별거 아닌 한 줄의 문장도

누군가에겐 폭력이 될 수 있는데.

…상대방에
대해서 대충 쓰면
되겠네.

…어.

…그럼 서로 잘 모르니까
궁금한 거 몇 개씩
물어보자.

너부터

물어봐.

…….

…….

이렇게

···가까이서···
제대로 보는 건

처음인 거 같다.

···음.

······.

…흠….

그만 긁고
물어봐 줄래?

……·

…너

'망상'하는 거…
라고 말하면

뭐 좋아해?

이상하게
생각하겠지?

…잠

자는 거?

…잠자기.

…바로 써버리는 거냐?

넌 좋아하는 거 없어?

없어.

......

아니…
숙제하려면 뭐든
써야 될 거 아냐.

…생각 좀 해봐.

…축구.

…숙제
하기 싫으냐?

아니?

근데 왜 막 던져?

맨날 구석에
쭈그려 앉아서

축구하는 애들
보고 있긴 하더라.

그냥 멍때리는 건 줄
알았는데…

진짜… 축구
좋아하나 보네.

그래서 다리에 그렇게

막 근육도 있고

상처도 있고

그랬나 보구나.

…아

너무
단답형으로
말했다….

그나마
지금까지
중에서

제일 대화 같은
대화였는데….

…허… 참…

축구를

좋아하는구나.

…이쁘던데.

너랑 있는 쟤도 귀여운데?

뭐?

귀엽다고.

......

쟤랑 친해?

안 친해.

아!
나쁜 뜻으로
한 말 아니야.

진짜.

……

어.

…물어봤으면
끝까지 듣고
가줄래?

아, 벌써
어두워졌네.

너무 오래 있었나?

기다리겠다.

미안.

누구 만나서
얘기하느라.

어?

얘 어디 갔어?

기다리다 짜증 나서
그냥 집에 갔나?

아닌데???
가방은 그대로
있는데???

야! 너

어디 갔어?

점점

어두워지는데.

아!

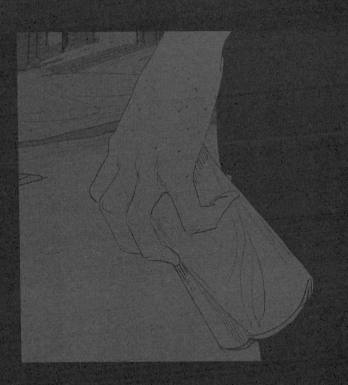

아아···

위험하단 말이야.

너 혹시

나 없는 사이에

이 검은
것들에게

먹혀버린 건
아니지?

4화

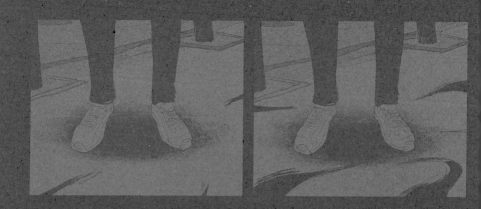

아…

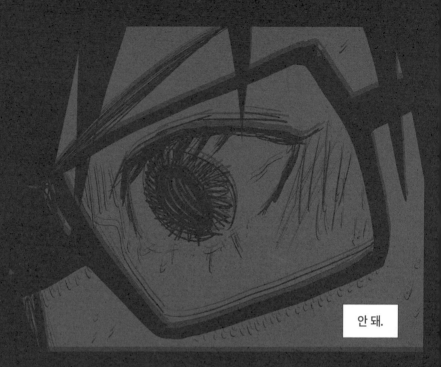

안 돼.

또 시작이다.

내가 불안감을 느끼면

어디서든 나타나

심장을
꽈악 조인다.

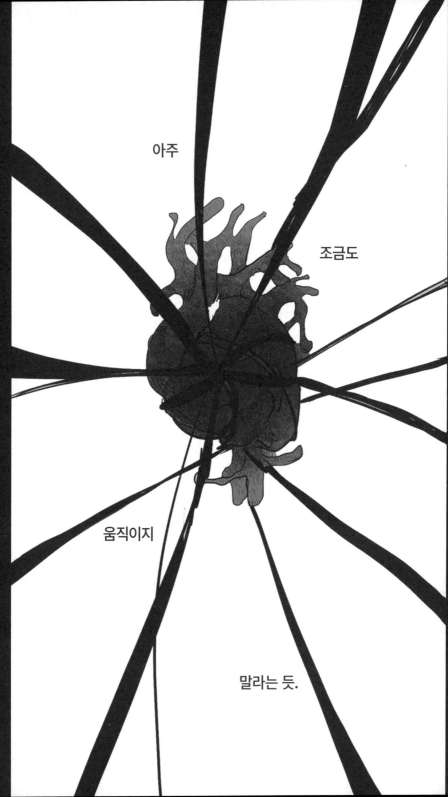

이것들은
내가 두려워
할수록

더 미쳐
날뛴다.

죽을 거 같아.

안 돼…
정신…
차려야 돼.

정신을
차리려면

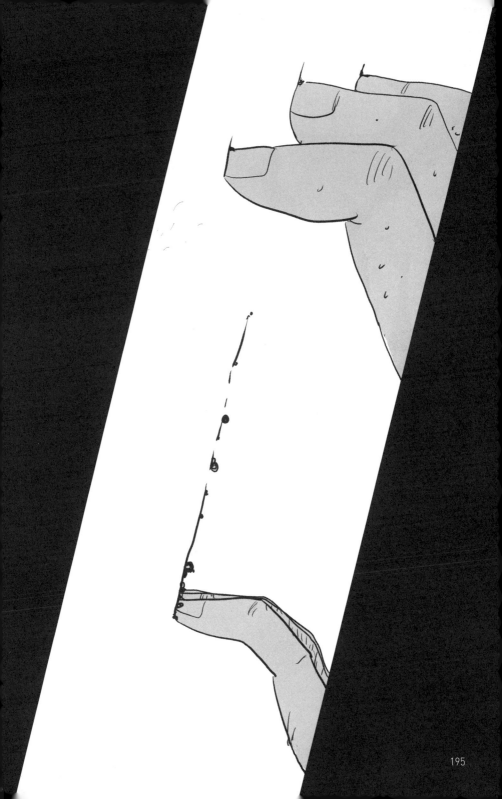

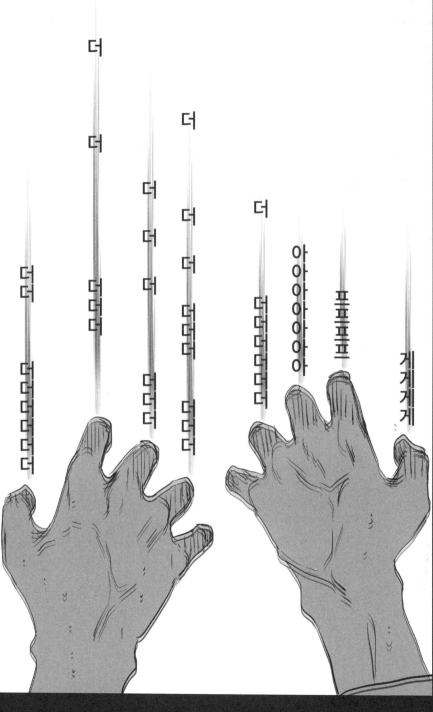

미안.

집에서 전화 와서
잠깐 갔다 오느라.

202 병의 맛

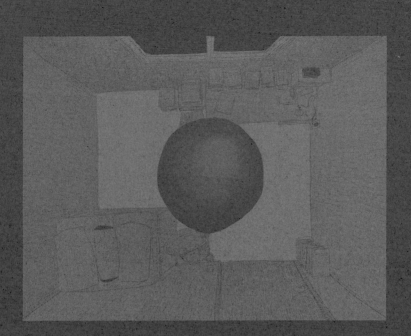

날 얼마나

이상하게 봤을까?

마치 괴물처럼
보였을까.

이제
다시는 나한테
말 안 걸겠지?

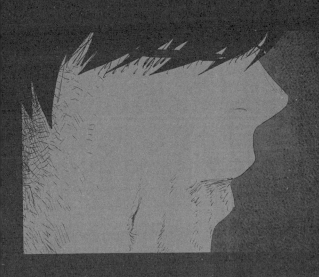

내일 학교 가기 싫다.

이런 몰골로 가면

또

내일 학교 가기 싫다.

모레도 가기 싫다.

영원히 가기 싫다.

용사여!

일어나세요! 용사여!!!

그냥 얘네가 지껄이는 것처럼

내가 진짜 기억을 잃은 용사였음 좋겠다.

마왕인지 뭔지 물리치고

원래 기억을 찾아서

'나의 왕국'으로 돌아갔으면 좋겠다.

허무맹랑하기 짝이 없을 것 같은 그곳이

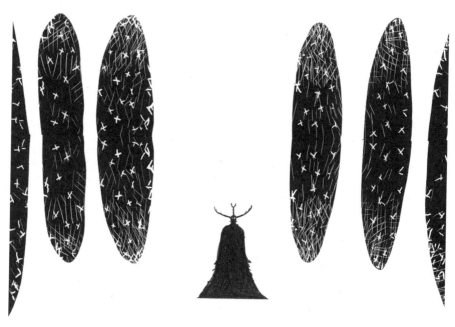

사실은 진짜

현실이었으면
좋겠다.

이딴 거 말고.

콜록

콜록

괜히
헛기침을
해본다.

다른 여느 때처럼

다른 여느 애들처럼

상관없어.

갑자기 나한테 와서
말 걸어줬던 게

사실 더 이상했어.

상관없어.

그냥 평소대론데 뭐.

어제 미안.

말도 없이
집에 가서.

턱

…괜찮아?

바, 밥이

갑자기 무슨 맛인지
모르겠다.

싫다고.

너의 이렇게
아무렇지도 않아 하는
무신경한 점이

정말.

정말 싫다고.

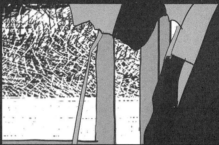

오늘은 아무 데도
안 가고 있을게.

증오한다고.

이쯤 되면

순이가 먼저
쿨하게 와서
말 걸어줘서

얼씨구나
기뻐하는 것처럼
보일 수도
있겠지만,

결단코 아니다.

숙제는
해야 되니까
온 거거든.

앗!

이건 마치…

다음에 또 학교 끝나고
따로 만나자는 것처럼
말한 것 같잖아…

…으음….

근데
어젠 왜 그랬어?

며칠 전에도
교실에서
쓰러지고.

너…

……

…아파?
어디…?

역시

엄청
무신경하게
물어보네.

근데 차라리 이게
더 편한 느낌은 뭐지?

그날 간만에
하늘이 맑아서였는지

늘 마시던 탄산음료가
더 청량해서였는지.

그것도 아니면
무심코 마주친
순이의 눈에서

뭔가를
느껴서였는지는
모르겠지만.

235

너

아무한테도
말하면 안 돼.

갑자기 얘한테는
말하고 싶어졌다.

어.

숙제하려면

순이도
나에 대해서
알아야 하니깐.

말할 사람도
없어.

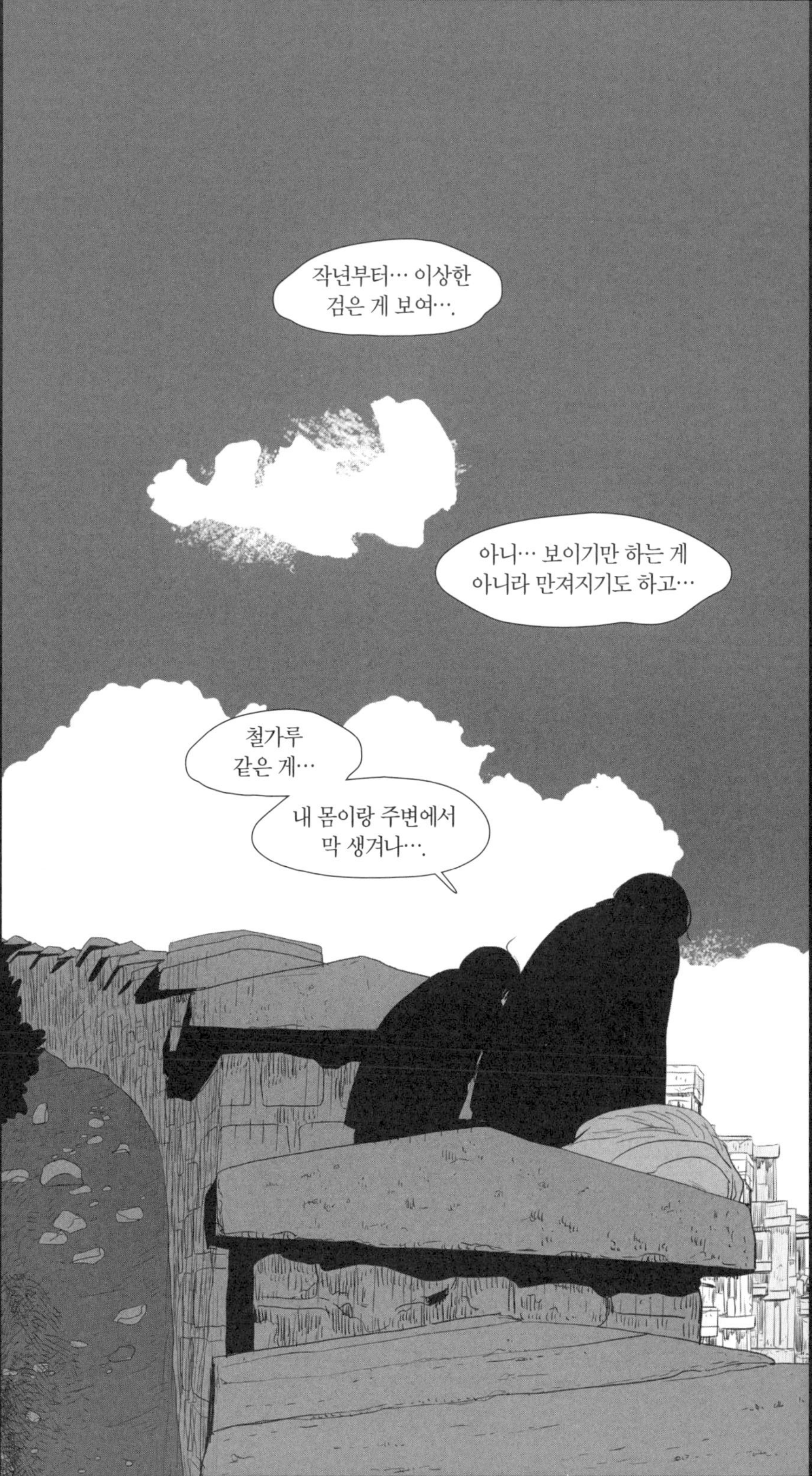
작년부터… 이상한 검은 게 보여….
아니… 보이기만 하는 게 아니라 만져지기도 하고…
철가루 같은 게…
내 몸이랑 주변에서 막 생겨나….

……

…표정 봐라…

역시 미친놈이라고
생각할까…?

…그게

…널
기절도 시켜?

…!!

어… 어…

가끔…
내가 엄청 긴장하거나
불안해하면…
날 막 공격해….

……,

…입에 상처도…

아… 아니.

이건…
정신 차리려고
내가 그런 거야.

그것 땜에…
그런 거야?

평소와 거의
다를 바 없는
표정에서

눈썹만
살짝 올라간 것
뿐이었지만

아무리 그래도

마치
그 순간만큼은

니가 너한테…
왜 그래….

날 걱정해주는 것
같은 느낌이 들어서…

그런 거…

하지 마.

…어….

코끝이 쫌 아팠다.

그거…
그럼 지금도 있어?

어, 여기.

움직이는 거
보여?

하도 얘기를
잘 들어줘서
보이는 줄 알았네…

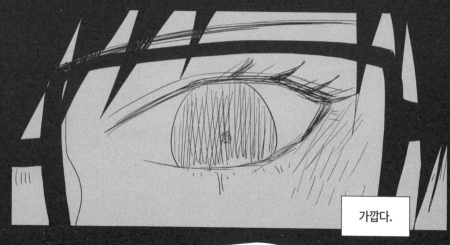

가깝다.

그… 그리고
내가 원하는 모양으로도
만들 수 있어.

전혀
믿지 않는다는
표정이지만

…가령

꽃이라든가.

그래도
처음으로

다른 사람에게

보여주고 싶다고.

…엄청 많이.

내 말을

시종일관 무표정으로
들어주는 이 애랑

친구가

되고 싶다고

생각했다.

…뭘 해?

…축구

좋아한다며.

…보는 거
좋아한다고.

아… 난 또
무슨 선수라도
한 줄 알았네.

근데 선수도 아닌데
다리가 왜….

아차차…

"왜 그렇게 다리가 굵어?"
라고 말할 뻔했다….

저 무표정하고,
무신경하고,
세상일 어느 하나
관심 없어 보이는 애가…

'재밌는' 게 있다고???

대체
'프리미어리그'라는 게
얼마나 재밌길래…?

예능 같은 거보다
더 재밌는 건가???

…왜 재밌는데?

…예능이나
드라마 같은 게
더 재밌지 않냐?

이번에 프리미어리그에서
득점 엄청 하는
이집트 선수가 있는데

그 선수가
수비수들 제치면서
막 골 넣는 거 보면…

완전 스트레스 풀려…
그래서 다른 거 다 잊어버리고…
거기에만 빠져서 볼 수 있거든.

…솔직히

왜인지
다시 나왔다.

촉순지 뭔지

그냥 다
거짓말이지…?

저 숨 막히는 무표정.

장난

아냐.

'넌 혹시 믿어주지 않을까?'
라고….

'믿어줬으면
좋겠다.'

···라고
생각했으니까.

나 진짜 가야 돼.

우리 이 정도
얘기했으면 됐지?

···갈게.

그렇구나.

순이도⋯
내가 진짜
이상한 애라고⋯

오늘 대화로
확실히 느낀 거구나.

난 왜 괜히 혼자 들떠서

쟤한테 주절주절
얘기한 거지⋯?

등신같이.

내 친구는 촌덕   변이준

사람한테 관심없어.

동물 한테 관심없어.

모든 거에 관심없어.

좋아하는건   오직 축구분.

졸겠다   치.

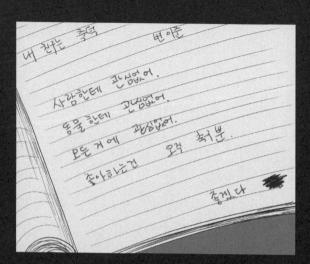

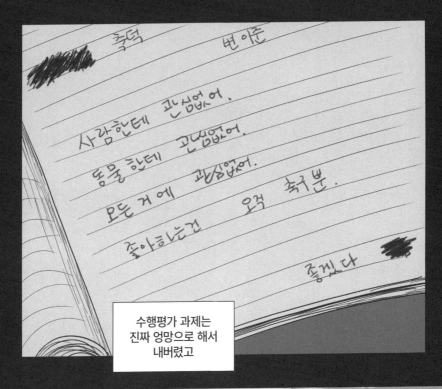

수행평가 과제는
진짜 엉망으로 해서
내버렸고

그다음 날
이후로 며칠간

순이는 왜인지
학교에 나오지 않았다.

5화

다음 날에도

다음 날에도

그다음 날에도

순이는 학교에
나오지 않았다.

뭐지?
왜 안 나와?

…아픈가?

아니면…
집에 무슨 일 있나?

그때도 문자 받고…
표정 안 좋아져서 갑자기 집에 갔었지….

아, 씨!

드럽게
신경 쓰이네.

종친 지가 언젠데
이것들이….

빨리 자리 앉아.

…교실에서 마스크
쓰고 있는 놈은 또 뭐야.

변이준,
마스크 안 벗어?

293

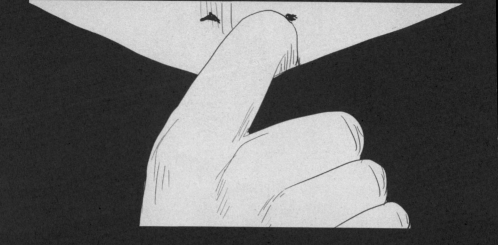

상처가
아무는데

거의
일주일이나
걸렸다.

일주일…

순이가 학교에
안 나온 시간.

친구에 대해서
시를 쓰라니까… 아주
친구 욕… 뒷담화…
난리났드라, 니들….

장난으로 쓴 놈들은
점수 제대로 안 줬다.
나와서 자기 노트 가져가.

감기였구나.

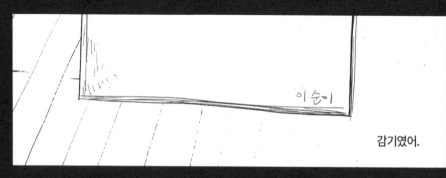

이 순이

감기였어.

…들어가 인마.

……

다음… 김남구.

네.

…뭐라고
썼을까…?

보고 싶다.

그 무신경한 애가…

'글'이란 걸 썼다는 거
자체가 신기해서

보고 싶다.

게다가 심지어…
나에 대해서 썼다니까

더 보고 싶다.

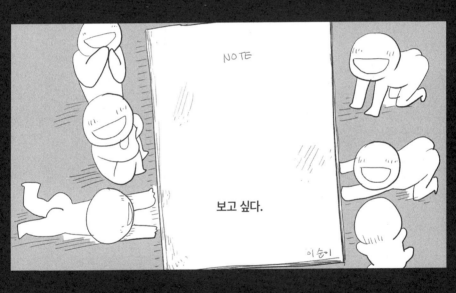

보고 싶다.

보고

싶다.

아니 아니!

…숙제한 거
보고 싶다고
이것들아!!!

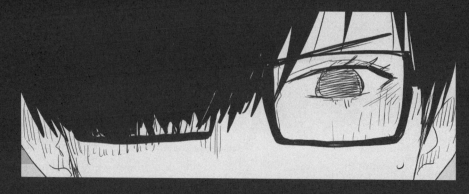

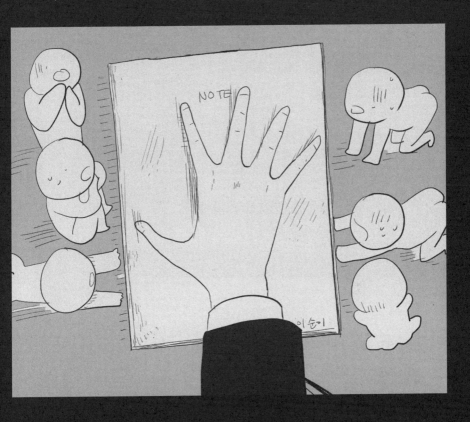

으...
이렇게 신경 쓸 바엔
차라리 갖다주자.

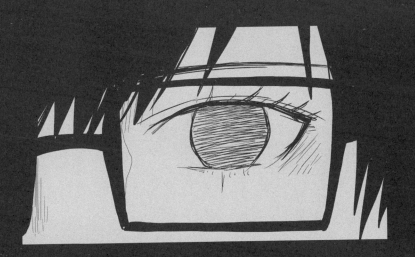

…반대로…?

… 반대로
생각하니까
좋다…

…왜 좋지…?

에휴.

그래도 뭐

예전보다
심하진 않네.

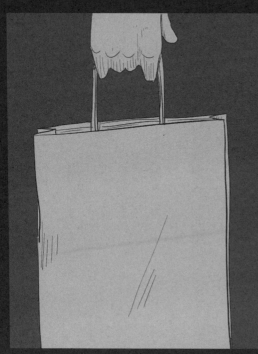

노트만 주기 뭐해서
종합감기약도 하나 샀다.

물론
집에 남는 거
가져온 거라고
말할 거지만.

202호…

으…
막상 오니까
긴장되네.

그냥 문 앞에
두고 갈까…?

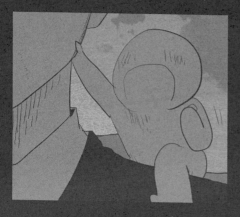

아…
싫어 싫어.

역시 그냥
문 앞에 두고 갈…

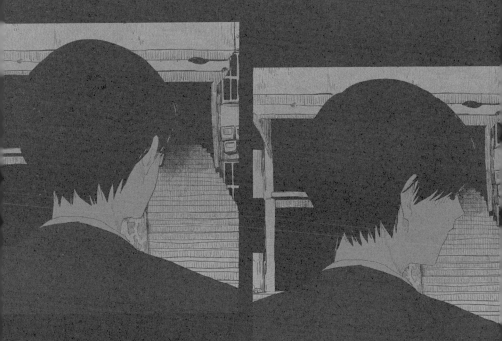

318 병의 맛

순이다.

<병의 맛> 2권으로 이어집니다.

1판 1쇄 인쇄 2019년 5월 20일
1판 1쇄 발행 2019년 5월 31일

글 그림 하일권
펴낸이 김영곤 **펴낸곳** ㈜북이십일 아르테팝
미디어사업본부이사 신우섭
책임편집 윤효정 **미디어만화팀** 윤기홍 박찬양
미디어마케팅팀 김한성 황은혜 **해외기획팀** 임세은 장수연 이윤경
문학영업팀 권장규 오서영 **제작팀** 이영민 권경민

출판등록 2000년 5월 6일 제406-2003-061호
주소 (우10881) 경기도 파주시 회동길 201(문발동)
대표전화 031-955-2100 **팩스** 031-955-2151 **이메일** book21@book21.co.kr

㈜북이십일 경계를 허무는 콘텐츠 리더

북이십일과 함께하는 팟캐스트 '책, 이게 뭐라고'
아르테팝 채널에서 도서 정보와 다양한 영상자료, 이벤트를 만나세요!
페이스북 facebook.com/21artepop   트위터 twitter.com/21artepop
인스타그램 instagram.com/21artepop 홈페이지 artepop.book21.com

ISBN 978-89-509-8044-3 07810
책값은 뒤표지에 있습니다.